川の音

松永智子歌集

本阿弥書店

歌集　川の音＊目　次

装幀　片岡忠彦

川の音

松永智子歌集

ひびき

秋の日のふかくさし入る畳のうへあまりにさびし立ちあがりたり

ふいにして落ちゆくひびきとおければ双の手を垂れ秋天にきく

白き秋白きままなる昼なればたたみの上にまた坐りたり

とほくなり近くなりまたとほくなるひびきのありて秋天たかし

たれもゐないたあれもゐない　ながいながいプラットホームに灯《ひ》がともつてゐる

灯が白いプラットホーム　手をあげるさやうならをいひたくて振る

しんかんと灯がともつてさびしくはない　人のゐないプラットホーム

なぜこんなにしづかですかと問ふてみる応へはない風のない夜

こぼれ出ることばがこぼれ　こぼれ出ることのなかつた泪がこぼれ

そこにゐるあなたはだれですなにもないしづかな夜ですなにもないです

背がさむい寒くてあかるい　死者のよみがへるときもこんなであらうか

端坐して書いてゐるかげしづかですさびしすぎます夜があけます

あの雲のしたまでゆくといふひとの影がめつぽふかがやいてゐる

ふりむいてもなんにもないなにもない雪よゆつくりふつてくれないか
お月さんさびしくないの野に立つて呼んだやうにいまならいへさう

夕日あびなびくすすきの原なればうしろにしきく風かわく音

すすきの穂散りて直ぐ立つ土手のうへここにはけふの日ののこりゐて

雨の音に目ざむる夜ふけいづくにか濡るるをこばむ石のあるべし

春山

しづかなる胎動さながらかなしめばいま茫茫と芽ぶく春山

散りのこる白梅一木背戸にして光あふるる山家のめぐり

山の春まひるあかるしそこはかとなくただよふは梅の花の香

三月の山に雨ふるひとのこゑとほくにありて間遠なり春

風あるらしまなくしゆるるひとむらの竹の林に散る梅の花

山ほとの梅の花の枝かつぎこしひとありやよひ三月の宵

梅の花さかりなるぞと春おそき山をかたりしづかなるひと

山の春かたり終へ ふと辛夷の花やがて咲かなと言ひのこしたり

あをきまで白く照らされ月の夜の山のほとなる梅の一木

高くして蒼くして月天心に梅の木の花はなやぐもよし

備前の甕にしづもる梅の花山のくぼみさながらにして

散りみだれみだるる花のしろければ甕のめぐりの闇のはなやぐ

花をみず過ぎける四月山に入り山のさくらの散りどきに会ふ

山櫻たむしばこぶしまんさく　おのがじしなるこの山の春

やまあひの日ぐれの水田にかげおとし白鷺一羽ひとひとり去る

入り来たるひろみしんとし一木の山櫻の花けふ八分咲き

木のもとにかたぶきて一基の石仏ひえひえとして散るまへの花

まむかへば愛しみこぼるる石仏　散りくるひとひら待てばくれなむ

森閑と山のひろみに日のありてときに散りくるさくら花びら

散る花のやや間遠なり山の冷えあたらしくして空とほくして

暮れむとし山に風たつひとときをさながら吹雪櫻の花散る

ときおかず花びらながれ人の声絶えたる谷に風のあるらし

身のうちの「散華」の一語置き去りにことしの櫻花終りたり

縹渺

さぬき野は麦のうれどき見のかぎり靄ばかりなり靄ふみてゆく

ひとのこゑとほくにありて讃岐の野あかあかさびし　いま麦の秋

はるかなるいのち縹渺とうたひけるうたびとのありけふ靄のなか
露をかむ蟷螂のいのちかなしみしうたまたかなしみどりうつくし
刈るまへの麦おもげなるさぬき野「同行二人」のこゑとほくして

かげゆるく靄うごきゆく野に立てば麦は麦なる音にしづもる

ゆゑよしのなく入りがたしなにもなしまひる風たち夏草の萌ゆ

茫としてしづもる草原あかるむは靄はるるらし道とだえたり

けものらの踏みしならむに踏みたがへつひにしさびしこの山の音

かなしみのこぼれさうなるいぬふぐり　花は空のふかさやしれる

海の辺の道ほそくして昏れにけり尾灯ひとつ遠くなりゆく

麦秋の讃岐はるけし三角波夜の目にしろし風の瀬戸海

海の闇ふかくなりたりうごくともみえぬ船の灯いますれちがふ

ひとつ灯をともす一隻六月の海の闇にまぎれずにゆく

おだやかなる塔のおもかげうたひをさめおほきうたびと先をゆきます

男泣きに香川進の死を悼み逝きし東籬男《とうりを》　うたのこりたり

竹の秋

花をみずひとゆきにけり竹林に竹のゆれあふ音のしてをり

笹の葉の二ひら三ひらひるがへりひとのこゑのまぎれては来ぬ

ひとときをはなやぎゆらぎ散りにけり風のままなるこの竹の秋

竹の秋空はれわたり風の絶え竹の林に竹の葉の散る

おとのなき昼かなしめば竹林にこゑとほりくる人をよぶこゑ

ひとの去りひえひえとして竹叢に竹ゆるるらし音しづかなり

竹林のはらむ闇なりはるかなり花の季節の終焉を問ふ

少年のうしろ無防備さきがけて野を駈けゆける頸ほそかりき

風に立ち甲高く呼ぶ少年のかのしろき歯はいまにししろし

おのが惨いはぬ少年のよくとほるこゑかなしめば風またみどり

えらびしにあらず不意なり雨の夜の事故まぎれなき汝が死のかたち

やさしさは寂寥はすでに汝のもの精悍をいふこゑそとにして
無防備のままなるうしろふりむかずみどりにまぎれず遠くなりゆく
歯のしろき少年の日をさながらにあはあはとかげ視界を出で入る

たたかひはしづかなるべし夜の闇に研がるるごとくほたるのとべり

にんげんのことばのとほしひとつ飛びまたひとつ飛ぶ風の螢火

ほたるの火つとながれたりああといふこゑさらひたり闇の川風

けむり

かたぶける地軸さながら八月の野の風にことしの稲の花さく

月の出を待つ野の闇のふかきあたり水の流るる音らし消ゆる

夏の空あつけらかんと晴れわたり国敗れたりふるさとありき

稲の花こぼれこぼるる夏の終り記憶の闇のいづくにも風

ながるるとみえぬ川面のビルのかげ樹のかげゆるるけふ原爆忌

ゆれやまぬふうせんかづらかの夏のとほくなりつつまぼろしならず

油蟬いのちさながら鳴くからに欅一木さながらに声

駈けゆける若者のうしろみてあればひとときき川面に映りまた消ゆ

うつくしとただ見上げたる原子雲その下の惨五日経て見つ

ほそくあをく立ちのぼる見き炎天に死者の山の焼けゆくけむり

しんかんと死者の山ありき焼けゐたりき日はたかくしてしろき八月

見てゐたり判断停止の目は見たり屍幾山焼けゐるけむり

にんげんのからだ焼けゐる青き煙夏の広場の記憶に凝る

たちのぼる青きけむりの幾すぢ　みられつつ飯たべ終へしこと

夕空の錆朱のこれるひとときをかげりつつドームかたちあたらし

月の出に間のある河岸風立つらし灯のなきあたり木立さやぎぬ

この廃墟さながら遺産月のかげときにし浮かぶ川のほとりに

にんげんのかわきの無慙さらしつつ原爆ドームいまふかきかげ

下弦の月廃墟のドームおのづから無機なるものの無機なるひびき

咲きのこる泰山木の花ひとつゆるがず河岸の闇のなかなる

いくさの日ことばひもじく啄木のうたうたひけり風にうたひき

長きいくさ終る前夜の少女の死ことばのなく　灯火のなく

谷川に沿ひ並び建つ宿舎なりき空細くして星またとほく

無知なれば無条件降伏問はざれば帰郷のよろこび無条件なりき

入りぎはのおほき落日つづら折の峠に見たり　人らにおくれ

迫田さんとふたり歩みきたべものを拒むからだに野の闇を踏み

闇の嵩はかるごとく歩みたりときをりかすかに稲の花にほひ

峠の闇やはらかければねころびてふたり聞きけり星のふるおと

うつくしき欲望といへば幻想と笑ひかへり来そしてまた闇

ふるさとの町の夜のふけふたりして手をふり手をふり別れきひつそり

かの夜の榎一木霧の闇こぼすごとく音のしてゐつ

この朝の半月高し殺戮に縁あらざれば冴え冴えとして

寡黙なる人らゆきかふ朝の衢風ふきすぐる音ばかりなる

彼岸のひとにもの問ふ　おほかたのいらへは同じさりながら問ふ

衢の闇徐徐にととのひ終電の軌道のひびきとほくなりたり

無防備

ふれたればふりむく蟷螂目のひかりうすみどりなり瞬時たぢろぐ

猛るにはあらず和むにあらずして眼に光あり秋のかまきり

首かしげ無防備になに問ふならむかまきりの眼みどりに無疵

つと頭ますぐにもどしそのままにうごかぬ蟷螂秋の日のなか

たたかひの終りなるべしかまきり　九月のしろき石のうへなる

ことあげのさびしきこの秋おくつきに蟷螂はただほろびをほろぶ

ひとときをむきあひにける蟷螂になにに問はれしや長月をはる

風ありて萩の花のゆれやすくしづかなりきひとり行くかげ

そのうしろ見つつ歩みきゆくりなく会ひしは萩の花の風の夜

いのちのをはりみてゐる背中とは思ひみざりきかげしづかなりき

首ながく肩ほそき父下駄の音端正にして夕闇を踏む

野の闇に萩の花ゆれその背中見失はじと追ひきひたすら

杳として消ゆるごとくしづかなる父なれば風にまぎれず逝きます

かわきたるわれの戦後に抜身かざし品定めするをとこの目のあり

日ざかりを人は来たりき道の辺にカンナの花の紅蓮に立ちゐき

はたちの身ゆゑよしのなくかなしければ母に身を寄せ人にむきあふ

カンナの花しんと燃えゐき世辞のこし刀を提げて人は行きたり

カンナの花ゆらぐともなし一振の刀売るさま見て立つ晩夏

吊橋

水引の花のふかるる道ほそし人送りたるのちにしる秋

苔清水したたりやまぬ山の音水引の花ときにし揺るる

風のなく水引の花ゆれゐたり夜ふかくして雨あがるらし

木下闇またかなしまむそよりともせぬ水引の花のくれなゐ

さへぎるもの何もなき昼しんかんと道しるべありただふかれ立つ

かうべ垂れ石のほとけにわらはべのかの日のごとく問はず語りす

日の光しろくなりたる道のありふりむけばそこにねこじやらし揺れ

立ちどまりすぎゆくものをゆかしめてきくことのあり野の風のおと

ゆれむとしゆれやまむとしももくさに少しくおくれ吾亦紅の花

雁わたる空の高さやかまつかのふかるるままに夕闇のくる

吾亦紅かぜよびやすし月の夜の吊橋わたりひともどり来よ

くれはやき山の畠の蕎麦の花風ありてまたひとときさわぐ

わらわらと燃ゆる藁束風立てばその芯ふかく火のいろの澄む

ふるさとの霜月しきりに花こぼれ柊一木高く古りたる

うごくものなにもなくして見上げたり闇の空に弓張の月

紅葉より紅葉へ架かる吊橋　寥寥としてひびく水の音

樅の森に雨のふりいでみづひきのひとむらぬるるしづかなるかげ

下草にぬきいで冷ゆるみづひきの花あり樅の森に径あり

地窖

かわきたる思念へふりくる雨のおと寒の夜の衢ぬれたり

ひとつ灯のともれるもとをよぎりたる影あり寒の月高き夜

双の手になにもなき宵ふりむくにビルの上なる十六夜の月

たれやよぶこの寒の夜とほくなりころとほくなりなほきこえをり

月高き夜を人ゆけりそののちをふりつつ消ゆる雪ありはなやぐ

猫一匹にんげんひとり寒の夜の地窖の闇のほとりめぐれば

灯火のかげとどかねば素手につかむ冬の木立のこのふかき闇

中空の寂寥あつめ来しごとく冬の木立に雪のふりくる

昼の空はれわたりたりその梢ひびきさながら欅一木

日のありて音なきまひる川の辺の径にサングラスかけなほすひと

手にふるるものにはあらずほほゑみ照りもつことばけふの昼月

闇ふかきこの夜澄みつつ天心へことば無用に月のぼりたり

なにごともなくいざよひの月のぼりまたはるかなり雪原の空

遠くなりとほくなりつつなほきこゆこの寒の夜たれや月呼ぶ

夜の底にとどくことなきひびきあり天心の月高くし蒼し

星たかき寒の空なりいづくよりいづくへゆくらむこの靴の音

よばれたるごとく目ざむるあかとき障子の裾に月のかげさす

あかときの空はれわたり何もなし何もなきまま半月かたぶく

垂直に截られたるごと冷えとほる半月高し寒終るらし

身の芯のひえひえとしてあかときのおほき残月あをきまで澄む

みてあれば人は橋をわたりたり雲ひとつなきこの朝の空

水脈

闇に啼く水鳥のこゑかなしみきけさ水上へ春の水脈《みを》曳く

花冷えのこの朝の川水鳥の曳きゆく水脈のゆるくひろごる

寒の朝川面の闇にさびしさの極みなるごと啼きしや水鳥

三月の水脈ひきのぼる黒き鳥飛びたちゆけりひところゐに啼き

引き潮ののこしゆきたる砂嘴に立つ白鷺一羽うごくともなし

風のなく衢の闇へ花の散るにんげんのかげ途絶えたる夜半

ビルに風鳴りやまぬ午後いづくより散りくるならむさくら花びら

双手垂れ見上ぐる空のはれわたり山の鶯こゑのみにして

春の夜のはなやぎなれば芍薬の花のくづるるその闇のおと

藍ふかき空にみえゐて芍薬の花にとどかぬ夕月のかげ

祈りのとき告ぐる鐘らし曇天のあしたしづかに鳴りをはりたり

万のいのち奪ひしも水この朝の花びらうかべながるるも水

楠若葉櫻若葉の木下闇水の流れに逆らひのぼる

苔のうへに沙羅の花落つ息もてるにんげんにはなき終りのかたち

砂嘴

夕風にしろつめ草の花ふかれひとよぶ声の川のぼるらし

ふりむけば楝の木の花川岸のけふのをはりの光のなかなる

川の面すでにくれたり花の木のわすれられたるもののごと立つ

おほき落葉ふみきてあふぐ泰山木白きつぼみはみな天をむく

かなしめばつつむものなきてのひらにひえひえとただ白き花置く

曇天に高き花なり泰山木ことば無用のあそびをさそふ

水ふくむ月おもさうなり雨あがりこのあやふさに朝明けむとす

繊月を右にし河の岸をゆく水はやきけさ風すこし冷ゆ

巷の灯両がはにして川のありこの夜音なく雨ふりそそぐ

一夜こめ星空の闇あつめつつ川は川なる闇をふかくす

齟齬多く亀裂をさらす夜の闇天頂に近く弓張の月

ゆくりなくふり仰ぎたる二十日月つかのま夜半の闇無傷なり

けさの川おのがじしなる速さもち水ふたすぢの流れとなれる

かたちよく砂嘴のこりたりみぎひだり引き潮どきの水きほひゆく

栴檀のかげやはらかしこの朝の雨あがるらしみどりしづもる

川底の砂より這ひ出で道よぎる沢蟹の朱のいろのあたらし

高貴なるおもむきのよしくさむらに入らむとふりむくその白き猫

あかときの川の辺の道猫のゆきときに小さき蟹またよぎる

焦点のさだまらぬ視界に舞ひきたり一声啼けりけさの青鷺

風ありてふかるるまひる幼子の雲へ手をふる満身のこゑ

鉄を打つ音のはざまの泰山木一葉の落つるしづかなるおと

かなしみを束ねしにあらず葱ほそしほどけば葱のにほひたちくる

昇降機

出で入れば防犯カメラに捕はるる無防備なるかげさらしまた春

まもらるる身なれば視られ出で入るたびやや猫背なるかげの写らむ

ねむれざる夜れいろうと望月に十六夜に会ひけふ十七夜

空に月かかりて午前三時なりビルのあはひの闇をふかくす

春の立つまへのまひるま昴ぶりてものいふきけり雪ざんざふる

是非のはて楽鳴りいづる午前二時障子に白き月のかげさす

落ちゆくは奈落にあらずのぼるべく夜の昇降機垂直に消ゆ

夜のふけの衢くまなくぬれてゆきふりみふらずみ雨しづかなり

くぐもれるわかもののこゑ傘ふかくかしげゆくらしこの夜の路地

角ひとつ曲がればすでになにもなしふかき闇なり路地の空なり

夜のふけの鴉の声なり唐突に啼きはたとやみ闇をふかくす

なにかなしむ一声ならむ月の光うすらなる夜を鴉の啼けり

路地の音はてたる夜をひそやかに雨のふるらしもののみな濡れ

かわきたる午前二時の身のうちにぽとりぽとり雨のふる音

なにごともあらずかたぶく月なればただ冷えとほり澄みとほるなり

月ありてさむき闇踏むヒールらしふと止まりまた音硬くゆく

靴の音とほざかりたり三月の闇へほたほた雪しづみくる

みてあるについと消えゆくひとのかげあかときの星そしてうすぐも

消ゆるまの星のもとなる川の岸修行僧さながら青鷺の立つ

渇きたる目をしばし閉づ不意にして視界さへぎりぼたんゆきふる

音はてし三月の午後みづからの重みに加速しふる牡丹雪

しづかなるたたかひさながら春の雪吸はるるごとく木立に降りこむ

想念のしづまる待てり滴する冬の木立を見下ろす高さに

神無月

夕紅葉もゆるひととき鹿の子の何よぶこゑや空にのこれる

立ちどまりまた立ちどまる鹿の子に波よせかへす白砂の浜

日に映ゆる紅葉黄葉の谷ふかし昼かたぶきて鹿にゆきあふ

子鹿のその大き目にみられをり神の島に日のくれ近し

風たてばさながら光水に沿ふ日ぐれの道なりすすきのなびく

ながれのほとりの日ざしやはらかし毛の色褪せたる雄鹿雌の鹿

切り口のかわきたる角　雄鹿雌鹿紅葉の下に入りつ日を浴ぶ

鹿の鳴くこゑ消えゆける山の冷え紅葉一樹に日ののこりゐて

風のなく紅葉散る谷立ちどまり待てり澄みつつ雌鹿よぶこゑ

鹿のこゑふたたびきかず水の音高くなりたり紅葉の谷冷ゆ

苔の上に散り敷く落葉ふみくだる風の音の凄し日のくれ

渓ふかくくだるひとりのかげうすれ水のひびきのとほくなりくる

うたがふをしらぬ目なれば寄りきたる子鹿の目なれば雲うつりをり

鹿の子の細き一声身にとほり神には遇はず神の島去る

草紅葉

肅肅とやほよろづの神つどひますいづものくにの辻に風立つ

ふれたれば須臾にし消ゆらむ昼の月蒼穹はてなし神坐すくに

火のごときをろちの舌をかなしむに秘境さながら出雲の国冷ゆ

をろちの目氷《ひ》の照りなりき草紅葉ふかるる谷のほとに会ひにき

神はつどひなに議《はか》ります清めます出雲の海のおほき落日

道の辺の祠かわけり黄の蝶の飛び立つとせぬ秋ふかくして

にんげんのうしろ昏れつつ出雲路は神有月なりすすきかがやく

道を堰きながながと蛇よこたはる山は秋なり光あふるる

秋の光さながら眼光照りゐたり冬のねむりに入るまのくちなは

くちなはの入るらむ石垣みてあれば山の秋のかげりやすくし

山の道占めて秋光浴びしのち蛇はゆるゆる石垣に入る

神域のおどろおどろにぬれつくしなににし怒る神にしあらむ

土砂ぶりの雨やみにたりひとらみな黙して待てり山に風立つ

裂帛の一声なり狂言師　神域の樹樹そののちさわぐ

薪の火もえあがりたり舞ひ終はり立つかげのあり照らさるるなり

どよめきのおこる神域薪の火もえあがる闇ふたたびふかく

萩の花ゆるるにまかす風のあり星ひとつなる坂くだるべし

衢

夜ふかくふりくる雨のけはひしてこの闇のおとはや冬のおと

其が軌道逸れゆくことのなきもののかげ天頂に白し半月

うごくものなき路地の闇またふかし月深閑と中天にあり

なにといふことのあらぬに月の位置たしかめ夜の障子は閉ざす

夢なれば橋に冬日のあたりゐて百草におくれ吾亦紅ゆれ

臥してみる夢のつづきに茫茫と冬の川ありとほくひとすぢ

あかときの路地の幅なる空にみえ二十六夜の月らし消えたり

ひとをよぶこゑほそくしてこの朝の衢のいづこもみぞれふる闇

母と子の手をつなぎゆきそののちを人のかげなし路地に雪ふる

電線をいましはなれむ雪のしづく単純にしてそのきはに照る

ふきあがりふきおろされつつ粉雪の積もるとはせぬビルの谷あひ

なにとなく息ひとつ吐き仰ぎたりまひる音なき衢の空なり

ビルの壁あかあか染めてゐたりしがつと消えにけり寒の日のかげ

一瞬をヘッドライトにきらめきて雪のふりふるしづかなるおと

半月に見られつつはやとほくなるやきいもやのこゑ路地曲がりたり

高原

丈たかきふたもとの樹のゆれやまぬこのしづけさや山の春なり

見てあればあるかなきかの風にゆれ橅の一木すがたをさなし

高原の橅の林のけぶりつつゆれつついまだ明くるに間のあり

はるかなる稜線徐徐にととのひて山の朝なりあけはてむとし

深閑と橅の林の冷ゆる朝人の影なく道ありひとすぢ

芽ぐむまの山のなだりに冴え冴えと光を返す辛夷の木の花

花の木のもとなる闇に寄りゆけるひとはそのまま歩み去りたり

らんまんの櫻を背戸に家二軒落日はいまほろびをほろぶ

空とほし散る花のあり間遠なり四月の山の冷えまたあたらし

人のこゑ絶えたる谷の昏れどき時置かずして花びらながる

亡きひとの坐すごとく山の雨花をはりたる木にふりそそぐ

散りどきの一樹あるらし山の夜をまなくしながるさくら花びら

山の櫻一本にして風あれば風のままなり花の散りくる

無縁墓に並び座りて聞きゐたり鶯のこゑしきりなる昼

杉山にふくろふの啼き花冷ゆる木のもとに聞く鶯のこゑ

さながらに山の胎動芽ぶきたる雑木のなだり揺れやすくして

石を嚙む水のながれに添ふ小道山櫻の花一木のあり

山の田のみどりをさなし山櫻れんげうの花写りゆれをり

はるかなるひびきさながら雨のふる花散りのこる山の木にふる

風

木に高くふかかるるくれなゐ合歓の花風あらき日の風とゆく旅

川に沿ふ道ほそくしてみどりなりゆけどゆけどうごく影なし

昼ふかく音の絶えたり山の木のみどり草のみどり迫り来

ふりむけば風のなかなる合歓の花橋あるに橋渡らずに来し

江《がう》の川《がは》水豊かなり山のかげ時にしあはく雲の浮くみゆ

あばれ川とよばれし日のありいま山のみどり分けゆく滔滔とゆく

いらへなき問ひなるに問ふ音あらく夏草すぎゆく風あれば問ふ

茫茫とふかるるままなる合歓の花水の音のときにしとほし

合歓の花風のなかなり川に沿ふ道みどりなりひとすぢにして

不意なれば声あげ見上ぐ　白鷺につづく青鷺かぜに飛びたつ

ながれつつつつと消えゆける雲のあり見て立つうしろさびしくはなし

山ほとにかたぶくいのちかなしむに合歓の木の花風のままなる

合歓の花あはきくれなゐさりながら風のことばは風にかへさむ

夏草

曼珠沙華風のなかなり草叢にとぎれがちなるこほろぎのこゑ

こほろぎのこゑばかりなる朝月夜芙蓉の花の縹緲として

ふりむけば十七夜の月高くして記憶の闇のふいにはなやぐ

夏草のゆれ吾亦紅またふかれひとすぢにして道ありほそし

遠くよりもどり来しごとこの朝の風のなかなる曼珠沙華の花

すみとほる朝月夜なり草むらにいのちひたすら鳴けりこほろぎ

立ちどまり橋なかほどにふりむきぬ沈むをためらふごとき残月

夏草に埋もるるごと家のありまひる遁走のときめきさそふ

むらさきの色澄みにつつ朝顔の花咲きのこるフェンスのむかう

めぐりくる花の季節を風にとひはるかなりけりわれに芙蓉忌

栴檀の木の吹かれをり川の面にいまだ夕べの光のこれる

満ちてくる水のきほひやあけきらぬ朝の雁木のひたひたぬれをり

まひるまの空の寂寞ひとすぢの薄雲ながれ須臾にして消ゆ

冷えとほり澄みとほりたり十六夜の月なにごともあらずかたぶく

昼月

はるかなり啄木鳥の樹をたたく音ブナの林をふきすぐる風

すすき原しろがねに照る月の夜狐の啼き声きかぬまの冬

一声をのこし山へかへるとふ狐の見つらむこの七日月

ふりむきてまたふりむきてかへるとぞ人は語りぬ狐よ生きゐよ

山の田に狐とならび見るもよしひびきもたざるこの冬の月

山を出で谷わたりなほくだりゆく親子の狐月は見つらむ

国道に斃れし狐むらがりてついばむ鴉かまはぬ昼月

月の夜の夢なれば待つ山へかへる老いたる狐待つとなく待つ

臘梅の花の黄のいろ透きとほり誰がかへるべき夜やあやふし

春浅く野の火燃ゆなり闇に這ひ闇をし犯しあかあか燃ゆる

はるかなるものにしあればにんげんを拒むやさしさになほ燃ゆる野火

身のうちのひびきにあらずひそやかにしづかにこの夜雨のふるらし

月をよぶこるゐきこえをりあまりにもさびしきひびきにんげんのこゐ

ひむがしの空の明けはてゐのころ草吹く風ふとも止むことのあり

砂丘の砂の音なりいまになほ畳にこぼるる音ひそかなり

足跡のくぼみたちまち均す風月冴えわたるこの夜の砂丘

皓皓と砂丘照らされ皓皓とわれら照らされ音のなき音

ふりむけばはや跡のなし砂丘のこのしづけさを飛ぶ砂のおと

山の音

梨の花さかりなる里に降り立ちぬひそやかにして土にふる雨

そのさかり見ぬまにゆきしかげのありまひる音なく梨の花散る

とんび舞ふ昼のしづけさあめつちのひびきさながら梨の木の花

ひと住まぬ家ぬれてをり春おそく梨の花の散れり風なく

花の上をゆきしままなるかげとほし花の季節のをはりに近し

ことしの春をはるらしにんげんのうつろへ散りくる花白くして

しんと立つ花の木にふる夜の雨なにかはなやぐひそやかなれば

この夜の障子に月のかげあはし梨の木の花白く散るらむ

夏草のみどり分け来しをとめらし風をいふこゑただ無垢にして

をとめごはなにかなしむやみどりなる声にはるけき山の音をいふ

山の樹の梢をわたる風を見しをとめにあらむかなしみいふこゑ

山の音風のひびきを告げきたるをとめご夕日に傷つかずあれ

吹く風に芋の葉しろく乾反る闇旅のこころのかわきくる待つ

ゆくりなく見上ぐる空の十三夜高く澄みつつひびきをもてり

ことばなくただ仰ぎたりあかときの山の頂くれなゐに染む

かへりこぬときなればただみどりなることばみどりにかへりくる待つ

乗鞍岳富士山頂に立ちし夏　のち履かざりき朱の登山靴

横雲を出で稜線に入らむとし落日はいまさながら炎

あかときの山頂赤く染まれるをかなしみいひきかなしみききけり

甲斐駒の頂に光射しくるを待てり闇にひとりし待てり

晩夏

とほく立ちみてゐたりけり一木の欅のはらむそのあをき風

草原のはての一樹に日のあればたれもたれも近づかずあれ

しづもるはおそれにも似る亭亭たる欅一樹にさわぐ夕風

すぎにける時のかたちやくさむらに数基の墓石ひくくかたぶく

しんとして泰山木の三分咲き二分の記憶に木の闇の冷ゆ

ことしの花おほきくしろし泰山木ひと送りたる一夏あたらし

無機なればこの夜の月高ければあふるるものはそのままにせむ

ひたひたと近づく音をうしろにし屋上に見きおほき落日

いのちの終りみるごとふたりして六月をはりの落日を見き

八月の問ひ問ひながらその極に「飛翔」の一語遺し逝きけり

両岸のビルの灯火うつるままながるるとは見えぬ夜の川

にんげんのあそびのそとなるこの夜のつめ草の花ゆれやすくして

ことしのいのち不揃ひにふかれつつ河岸埋むるつめくさの花

川の辺の闇またふかし寄りゆけばしろつめくさの花ふかれゐつ

そのとほきひびききけり八月の銀河のながれ仰ぎみたりき

なにごともあらずふかるる白詰草この夜雷鳴とどろきわたる

しののめの空のくれなゐうすれたりつめくさの花風のままなり

篁

竹林に笹のふれあふ音のしてゆるるともなし春立つ日なり

みどり濃き寒の竹林死者たちのうたげさながら雪すこし散る

しづもれる竹は竹なるかげに立ちとほくし高し寒の夜の空

えらばれて残りたるらむ寒の竹みあぐれば雲うごきゆくみゆ

みどりごのいのちさながらひつそりと竹藪の奥に産着の乾され

ひるふかく竹林に風しづもれり竹は竹なるかたちにゆれあふ

土にかへる日にまた聞かなきさらぎの竹の林のこの風のおと

篁のときのましんとしづもりぬ冬の風にあふられやすくし

竹林のおとのなきおと先立つものつづきくるものなき寒の昼

そのうしろさびしくはなし吹かれつつひとひとり立つしづかなるかげ

ひそやかに風すぐるおと星の夜の竹の林に入りゆきて聞く

濃きみどり散ることのなしふかれつつ寒の竹のいまさかりらし

欠けてゆきよみがへりたる月のこと森閑として篁のしる

雪よ散れ春立つ日なれば寒椿の花のくれなゐ冴ゆるまで散れ

きさらぎは風の音ばかりといふなかれ塀のうへなる梅の木の花

梅の花十六夜の月おとのなきものの占めゆくこの夜の闇

浮雲

火をまもりゆきしかげありはるかなり闇のきよらにまだみえてをり

あかときの闇はなやぎぬ風のままみだれ舞ひつつふる寒の雪

寡黙なる人ら火に寄り月のなき夜ふけにききけり雪のふるおと

星の夜を燃ゆる焚火に寄るひとらことばすくなく火に照りて立つ

寒の月高き雪原犬と人黒き影なり遠ざかるみゆ

はるかなり小犬と人の黒きかげ音絶えし夜の月の雪原

この朝の雪ますぐなりしづかなり地の底にまでとどくごと降る

にんげんの声くぐもりて間のとほし雪の衢のあけてゆくらし

夜をのがれゆく音ならず未知を踏むひびきにあらず人ひとりゆく

寒の午後梅林明しさきがけて紅ひとつ風のなかなる

雪蒼く凍る野に立ちながれつつ消えゆく星の一瞬に遇《あ》ふ

星のふるひびきの底なる夜の川闇ふかくして音なくながる

浪浪のうたかなしめば星の夜の川わたるべしわたりゆくべし

わたり終へふり仰ぎたる寒の空うつくしとしも夜の浮雲

明けむとしうすらに空の染まりたりながれ自在に鴉の飛べり

しづかなる鴉の旋回うつくしく見上げ立ちたり朝焼けの空

後《しり》を飛ぶ数羽の鴉向きかはるその度ふためきおくれとどのふ

ながるるごと飛びゆく鴉数十羽なにや見つらむ朝あけはてたり

旋回のかたちのままなり声たてぬ鴉ひとむれ視界より去る

あとがき

本集は、『崖《きりぎし》のうた』につづく、六冊目の歌集です。平成十五年から、二十六年までの作品より、四百七首を選び収めました。

一千二百首にあまる自分の短歌に対き、およそ三年間ただ茫々とすぎてゆく時を、見ていました。この捉えどころのないもの――それが、わたくしの十二年という〈時〉そのものであることに思い至り、ようやく集として〈かたち〉にすることができました。この、何ともいいようのない時間。それは、わたくしの最もぜいたくな時間であったと、いえそうです。

短歌の整理は、藤井満江さん。『崖《きりぎし》のうた』以後、十二年間誌上発表した歌を、パソコンに打ち込み毎年欠かさず届けてくださいました。そのすべてのうたをまとめ、打ち直しの作業も――。

そして自称〈伴走者〉の髙橋啓子さん。歌の手直し、選歌、編集。度々の変更。迷走するわたくしの注文に応えて、その都度打ち直し、整えていただきました。まことにありがたい伴走者でありました。その他、有形無形のエネルギーを戴きました方々に感謝のほかありません。

出版につきましては本阿弥書店さまにおせわになりました。編集長奥田洋子さま、書籍編集部池永由美子さま、有難うございました。

松永智子

平成二十八年二月

歌集　川の音　　地中海叢書八八二番

平成二十八年三月三十日　発行

著　者　松永　智子

〒七三〇—〇〇一六

広島市中区幟町一〇—三—六〇一

発行者　奥田　洋子

発行所　本《ほん》阿《あ》弥《み》書店

東京都千代田区猿楽町二—一—八　三恵ビル

〒一〇一—〇〇六四

電　話　〇三（三二九四）七〇六八（代）

振　替　〇〇一〇〇—五—一六四四三〇

印刷製本　三和印刷

定　価　本体二七〇〇円（税別）

ISBN978-4-7768-1233-3　C0092（2952）